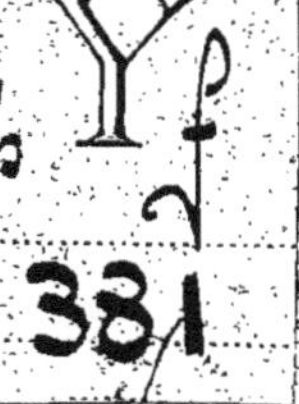

PAUL VERLAINE

LES UNS ET LES AUTRES

COMÉDIE EN UN ACTE

ET EN VERS

REPRÉSENTÉE POUR LA PREMIÈRE FOIS AU THÉATRE DU VAUDEVILLE
PAR LES SOINS DU THÉATRE D'ART, LE 21 MAI 1891

PARIS
LÉON VANIER, LIBRAIRE-ÉDITEUR
19, QUAI SAINT-MICHEL, 19

—

1891

LES UNS ET LES AUTRES

COMÉDIE DÉDIÉE A

Théodore de Banville.

DU MÊME AUTEUR

ŒUVRES POÉTIQUES

Poèmes saturniens.
La bonne Chanson.
Fêtes galantes.
Romances sans paroles.
Sagesse.
Jadis et Naguère.
Amour.
Parallèlement.
Bonheur.

PROSE

Les Poètes maudits.
Les Mémoires d'un veuf.
Louise Leclercq.
20 biographies littéraires publiées dans les *Hommes d'aujourd'hui*.
Mes Hôpitaux (sous presse).

THÉATRE

Madame Aubin, 1 acte en prose.

PAUL VERLAINE

LES UNS ET LES AUTRES

COMÉDIE EN UN ACTE

ET EN VERS

REPRÉSENTÉE POUR LA PREMIÈRE FOIS AU THÉATRE DU VAUDEVILLE
PAR LES SOINS DU THÉATRE D'ART, LE 21 MAI 1891

PARIS
LÉON VANIER, LIBRAIRE-ÉDITEUR
19, QUAI SAINT-MICHEL, 19

1891

PERSONNAGES

MYRTIL	MM. KRAUSS, de l'Odéon,
SYLVANDRE	PAUL FRANCK, du Gymnase,
MEZZETIN	ENGEL, de l'Opéra,
CORYDON	HENRY HUOT, du Théâtre d'Art,
UN BERGAMASQUE	ALBERT GIRAULT, du Théâtre d'Art,
ROSALINDE	Mlles MORENO, de la Comédie-Française,
CHLORIS	LUCY GÉRARD, du Gymnase,
AMINTE	SUZANNE GAY, du Théâtre d'Art,
PHILLIS	DENISE AHMERS, du Théâtre d'Art,

BERGERS, MASQUES.

La scène se passe dans un parc de Wateau, vers une fin d'après-midi d'été.

Une nombreuse compagnie d'hommes et de femmes est groupée, en de nonchalantes attitudes, autour d'un chanteur costumé en Mezzetin qui s'accompagne doucement sur une mandoline.

LES UNS ET LES AUTRES

SCÈNE I

MEZZETIN, *chantant.*

Puisque tout n'est rien que fables,
Hormis d'aimer ton désir,
Jouis vite du loisir
Que te font des dieux affables.

Puisqu'à ce point se trouva
Facile ta destinée,
Puisque vers toi ramenée
L'Arcadie est proche, — va!

Va! le vin dans les feuillages
Fait éclater les beaux yeux
Et battre les cœurs joyeux
A l'étroit sous les corsages...

PHILIS, *à Mezzetin.*

Bien chanté! Grand merci! Vous m'êtes un délice...

MEZZETIN

Vous m'êtes un nectar....

UN BERGAMASQUE, *au Mezzetin.*

Je suis votre complice !

MEZZETIN, *à Phillis.*

Je suis bien...

PHILLIS

Je suis mienne..

MEZZETIN

Et quel est mon souci
De ne pouvoir trop vous le dire !

PHILLIS, *pirouettant.*

Nous aussi !

CORYDON

A l'exemple de la cigale nous avons
Chanté...

AMINTE

Si nous allions danser ?

TOUS, *moins Myrtil, Rosalinde, Sylvandre et Chloris.*

Nous vous suivons !

(*Ils sortent, à l'exception des mêmes.*)

SCÈNE II

MYRTIL, ROSALINDE, SYLVANDRE, CHLORIS

ROSALINDE, *à Myrtil.*

Restons.

CHLORIS, *à Sylvandre.*

Favorisé, vous pouvez dire l'être :
J'aime la danse à m'en jeter par la fenêtre,
Et si je ne vais pas sur l'herbette avec eux
C'est bien pour vous !

(*Sylvandre la presse.*)

Paix-là ! Que vous êtes fougueux !

(*Sortent Sylvandre et Chloris.*)

SCÈNE III

MYRTIL, ROSALINDE

ROSALINDE

Parlez-moi.

MYRTIL

De quoi voulez-vous donc que je cause ?
Du passé ? Cela vous ennuierait, et pour cause.

Du présent ? À quoi bon, puisque nous y voilà ?
De l'avenir ? Laissons en paix ces choses-là !

ROSALINDE

Parlez-moi du passé.

MYRTIL

Pourquoi ?

ROSALINDE

C'est mon caprice.
Et fiez-vous à la mémoire adulatrice
Qui va teinter d'azur les plus mornes jadis
Et masque les enfers anciens en paradis.

MYRTIL

Soit donc ! J'évoquerai, ma chère, pour vous plaire,
Ce morne amour qui fut, hélas ! notre chimère,
Regrets sans fin, ennuis profonds, poignants remords,
Et toute la tristesse atroce des jours morts ;
Je dirai nos plus beaux espoirs déçus sans cesse ;
Ces deux cœurs dévoués jusques à la bassesse
Et soumis l'un à l'autre, et puis, finalement,
Pour toute récompense et tout remerciement,
Navrés, martyrisés, bafoués l'un par l'autre,
Ma folle jalousie étreinte par la vôtre,

Vos soupçons complétant l'horreur de mes soupçons,
Toutes vos trahisons, toutes mes trahisons !
Oui, puisque ce passé vous flatte et vous agrée,
Ce passé que je lis tracé comme à la craie
Sur le mur ténébreux du souvenir, je veux,
Ce passé tout entier, avec ses désaveux
Et ses explosions de pleurs et de colère,
Vous le redire, afin, ma chère, de vous plaire !

ROSALINDE

Savez-vous que je vous trouve admirable, ainsi
Plein d'indignation élégante ?

MYRTIL, *irrité.*

Merci !

ROSALINDE

Nous vous exagérez aussi par trop les choses.
Quoi ! pour un peu d'ennui, quelques heures moroses,
Vous lamenter avec ce courroux enfantin !
Moi, je rends grâce au dieu qui me fit ce destin
D'avoir aimé, d'aimer l'ingrat, d'aimer encore
L'ingrat qui tient de sots discours, et qui m'adore
Toujours, ainsi qu'il sied d'ailleurs en ce pays
De Tendre. Oui ! Car malgré vos regards ébahis

Et vos bras de poupée inerte, je suis sûre
Que vous gardez toujours ouverte la blessure
Faite par ces yeux-ci, boudeur, à ce cœur-là.

MYRTIL, *attendri.*

Pourtant le jour où cet amour m'ensorcela
Vous fut autant qu'à moi funeste, mon amie
Croyez-moi, réveiller la tendresse endormie,
C'est téméraire, et mieux vaudrait pieusemeut
Respecter jusqu'au bout son assoupissement
Qui ne peut finir que par la mort naturelle.

ROSALINDE

Fou ! par quoi pouvons-nous vivre, sinon par elle !

MYRTIL, *sincère.*

Alors, mourons !

ROSALINDE

Vivons plutôt! Fût-ce à tout prix!
Quant à moi, vos aigreurs, vos fureurs, vos mépris,
Qui ne sont, je le sais, qu'un dépit éphémère,
Et cet orgueil qui rend votre parole amère.
J'en veux faire litière à mon amour têtu,
Et je vous aimerai quand même, m'entends-tu ?

MYRTIL

Vous êtes mutinée...

ROSALINDE

Allons, laissez-vous faire !

MYRTIL, *cédant.*

Donc, il le faut !

ROSALINDE

Venez cueillir la primevère
De l'amour renaissant timide après l'hiver.
Quittez ce front chagrin, souriez comme hier
A ma tendresse entière et grande, encor qu'ancienne !

MYRTIL

Ah ! toujours tu m'auras mené, magicienne !

(*Ils sortent. Rentrent Sylvandre et Chloris.*)

SCÈNE IV

SYLVANDRE, CHLORIS

CHLORIS, *courant.*

Non !

SYLVANDRE

Si !

CHLORIS

Je ne veux pas...

SYLVANDRE, *la baisant sur la nuque.*

Dites : je ne veux plus !

(*La tenant embrassée.*)

Mais voici, j'ai fixé vos vœux irrésolus
Et le milan affreux tient la pauvre hirondelle.

CHLORIS

Fi ! l'action vilaine ! Au moins rougissez d'elle !
Mais non ! Il rit, il rit !

(*Pleurnichant pour rire.*)

Ah, oh, hi, que c'est mal !

SYLVANDRE

Tarare ! mais le seul état vraiment normal,
C'est le nôtre, c'est, fous l'un de l'autre, gais, libres,
Jeunes et méprisant tous autres équilibres
Quelconques, qui ne sont que cloche-pieds piteux,
D'avoir deux cœurs pour un, et, chère âme, un pour deux !

CHLORIS

Que voilà donc, monsieur l'amant, de beau langage !
Vous êtes procureur ou poète, je gage,

Pour ainsi discourir, sans rire obscurément.

SYLVANDRE

Vous vous moquez avec un babil très charmant,
Et me voici deux fois épris de ma conquête :
Tant d'éclat en vos yeux jolis, et dans la tête
Tant d'esprit ! Du plus fin encore, s'il vous plaît.

CHLORIS

Et si je vous trouvais par hasard bête et laid,
Fier conquérant fictif, grand vainqueur en peinture?

SYLVANDRE

Alors, n'eussiez-vous pas arrêté l'aventure
De tantôt, qui semblait exclure tout dégoût
Conçu par vous, à mon détriment, après tout?

CHLORIS

O la fatuité des hommes qu'on n'évince
Pas sur-le-champ ! Allez, allez, la preuve est mince
Que vous invoquez là d'un penchant présumé
De mon cœur pour le vôtre, aspirant bien-aimé.
— Au fait, chacun de nous vainement déblatère
Et, tenez, je vais dire mon caractère,
Pour qu'étant à la fin bien au courant de moi
Si vous souffrez, du moins vous connaissiez pourquoi.
Sachez donc...

SYLVANDRE

Que je meure ici ma toute belle
Si j'exige...

CHLORIS

— Sachez d'abord vous taire. — Or celle
Qui vous parle est coquette et folle. Oui, je le suis.
J'aime les jours légers et les frivoles nuits ;
J'aime un ruban qui m'aille, un amant qui me plaise,
Pour les bien détester après tout à mon aise.
Vous, par exemple, vous, monsieur, que je n'ai pas
Naguère tout à fait traité de haut en bas,
Me dussiez-vous tenir pour la pire pécore,
Eh bien, je ne sais pas si je souffre encore !

SYLVANDRE, *souriant.*

Dans le doute...

CHLORIS, *coquette, s'enfuyant.*

« Abstiens-toi, » dit l'autre. Je m'abstiens.

SYLVANDRE, *presque naïf.*

Ah ! c'en est trop, je souffre et m'en vais pleurer.

CHLORIS, *touchée, mais gaie.*

Viens,
Enfant, mais souviens-toi que je suis infidèle
Souvent, ou bien plutôt, capricieuse. Telle
Il faut me prendre. Et puis, voyez-vous, nous voici
Tous deux, bien amoureux, — car je vous aime aussi, —
Là ! voilà le grand mot lâché ! Mais...

SYLVANDRE

O cruelle
Réticence !

CHLORIS

Attendez la fin, pauvre cervelle.
Mais, dirais-je, malgré tous nos transports et tous
Nos serments mutuels, solennels, et jaloux
D'être éternels, un dieu malicieux préside
Aux autels de Paphos —

(*Sur un geste de dénégation de Sylvandre.*)

C'est un fait — et de Gnide.
Telle est la loi qu'Amour à nos cœurs révéla.
L'on n'a pas plutôt dit ceci qu'on fait cela.
Plus tard on se repent, c'est vrai, mais le parjure
A des ailes, et comme il perdrait sa gageure

Celui qui poursuivrait un mensonge envolé!
Qu'y faire? Promener son souci désolé,
Bras ballants, yeux rougis, la tête décoiffée,
À travers monts et vaux, ainsi qu'un autre Orphée,
Gonfler l'air de soupirs et l'océan de pleurs
Par l'indiscrétion de bavardes douleurs?
Non, cent fois non! Plutôt aimer à l'aventure
Et ne demander pas l'impossible à Nature!
Nous voici, venez-vous de dire, bien épris
L'un de l'autre, soyons heureux, faisons mépris
De tout ce qui n'est pas notre douce folie!
Deux cœurs pour un, un cœur pour deux... je m'y rallie,
Me voici votre, tienne!... Êtes-vous rassuré?
Tout à l'heure j'avais mille fois tort, c'est vrai,
D'ainsi bouder un cœur offert de bonne grâce,
Et c'est moi qui revient à vous, de guerre lasse.
Donc aimons-nous. Prenez mon cœur avec ma main,
Mais, pour Dieu, n'allons pas songer au lendemain,
Et si ce lendemain doit ne pas être aimable,
Sachons que tout bonheur repose sur le sable,
Qu'en amour il n'est pas de malhonnêtes gens,
Et surtout soyons-nous l'un à l'autre indulgents,
Cela vous plaît?

SYLVANDRE

Cela me plairait si...

SCÈNE V

LES PRÉCÉDENTS, MYRTIL

MYRTIL, *survenant.*

Madame
A raison. Son discours serait l'épithalame
Que j'eusse proféré si.

CHLORIS

Cela fait deux « si »,
C'est un de trop.

MYRTIL, *à Chloris.*

Je pense absolument ainsi
Que vous.

CHLORIS, *à Sylvandre.*

Et vous, monsieur?

SYLVANDRE

La vérité m'oblige...

CHLORIS, *au même.*

Et quoi, monsieur, déjà si tiède!...

MYRTIL, *à Chloris.*

L'homme-lige
Qu'il vous faut, ô Chloris, c'est moi...

SCÈNE VI

LES PRÉCÉDENTS, ROSALINDE

ROSALINDE, *survenant.*

Salut! je suis
Alors, qu'il le faut décidément, depuis
Tous ces étonnements où notre cœur se joue,
A votre chariot la cinquième roue.

(A Myrtil.)

Je vous rends vos serments anciens et les nouveaux
Et les récents, les vrais aussi bien que les faux.

MYRTIL, *au bras de Chloris et protestant comme par manière d'acquit.*

Chère!

ROSALINDE

Vous n'avez pas besoin de vous défendre,
Car me voici l'amie intime de Sylvandre.

SYLVANDRE, *ravi, surpris, et léger.*

O doux Charybde après un aimable Scylla!
Mais celle-ci va faire ainsi que celle-là
Sans doute, et toutes deux, adorables coquettes
Dont les caprices sont bel et bien des raquettes

Joueront avec mon cœur, je le crains, au volant.

CHLORIS, *à Sylvandre.*

Fat!

ROSALINDE, *au même.*

Ingrat!

MYRTIL, *au même.*

Insolent!

SYLVANDRE, *à Myrtil.*

Quant à cet « insolent ».
Ami cher, mes griefs sont au moins réciproques
Et s'il est vrai que nous te vexions tu nous choques.

(A Rosalinde et à Chloris.)

Mesdames, je suis votre esclave à toutes deux,
Mais mon cœur qui se câbre aux chemins hasardeux
Est un méchant cheval réfractaire à la bride
Qui devant tout péril connu s'enfuit, rapide,
A tous crins, s'allât-il rompre le col plus loin.

(A Rosalinde.)

Or, donc, si vous avez, Rosalinde, besoin
Pour un voyage au bleu pays des fantaisies
D'un franc coursier, gourmand de provendes choisies
Et quelque peu fringant, mais jamais rebuté,
Chevauchez à loisir ma bonne volonté.

MYRTIL

La déclaration est un tant soit peu roide.
Mais bah, chat échaudé craint l'eau, fût-elle froide,

(*A Rosalinde.*)

N'est-ce pas, Rosalinde, et vous le savez bien
Que ce chat-là surtout, c'est moi.

ROSALINDE

Je ne sais rien.

MYRTIL

Et puisqu'en ce conflit où chacun se rebiffe
Chloris aussi veut bien m'avoir pour hippogriffe
De ses rêves devers la lune ou bien ailleurs,
Me voici tout bridé, couvert d'ailleurs de fleurs
Charmantes aux odeurs puissantes et divines
Dont je sentirai tôt ou tard les épines.

(*A Chloris.*)

Madame, n'est-ce pas?

CHLORIS

Taisez-vous et m'aimez.
Adieu, Sylvandre!

ROSALINDE

Adieu, Myrtil!

MYRTIL, *à Rosalinde.*

Est-ce à jamais?

SYLVANDRE, *à Chloris.*

C'est pour toujours?

ROSALINDE

Adieu, Myrtil!

CHLORIS

Adieu, Sylvandre!

(Sortent Sylvandre et Rosalinde.)

SCÈNE VII

MYRTIL, CHLORIS

CHLORIS

C'est donc que vous avez de l'amour à revendre
Pour, le joug d'une amante irritée écarté,
Vous tourner aussitôt vers ma faible beauté?

MYRTIL

Croyez-vous qu'elle soit à ce point offensée?

CHLORIS

Qui? ma beauté?

MYRTIL

Non. L'autre...

CHLORIS

Ah ! — J'avais la pensée
Bien autre part, je vous l'avoue, et m'attendais
A quelque madrigal un peu compliqué, mais
Sans doute vous voulez parler de Rosalinde
Et du courroux auquel son cœur crispé se guinde...
N'en doutez pas, elle est vexée horriblement.

MYRTIL

En êtes-vous bien sûre?

CHLORIS

Ah çà, pour un amant
Tout récemment élu, sur sa chaude supplique
Encore! et dans un tel concours mélancolique
Malgré qu'un tant soit peu plaisant d'événements,
Ne pouvez-vous pas mieux employer les moments
Premiers de nos premiers amours, ô cher Thésée
Qu'à vous préoccuper d'Ariane laissée?
— Mais taisons cela, quitte à plus tard en parler. —
Eh oui, là je vous jure, à ne vous rien céler,
Que Rosalinde éprise encor d'un infidèle,
Trépigne, peste, enrage, et sa rancœur est telle
Qu'elle m'en a pris mon Sylvandre de dépit.

MYRTIL

Et vous regrettez fort Sylvandre?

CHLORIS

Mal lui prit,
Que je crois, de tomber sur votre ancienne amie?

MYRTIL

Et pourquoi?

CHLORIS

Faux naïf! je ne le dirai mie.

MYRTIL

Mais regrettez-vous fort Sylvandre?

CHLORIS

M'aimez-vous,
Vous?

MYRTIL

Vos yeux sont si beaux, votre...

CHLORIS

Êtes-vous jaloux
De Sylvandre?

MYRTIL, *très vivement.*

O oui!

(*Se reprenant.*)

Mais au passé, chère belle.

CHLORIS

Allons, un tel aveu, bien que tardif, s'appelle
Une galanterie et je l'admets ainsi.
Donc vous m'aimez?

MYRTIL, *distrait, après un silence.*

O oui!

CHLORIS

Quel amoureux transi
Vous seriez si d'ailleurs vous l'étiez de moi!

MYRTIL, *même jeu que précédemment.*

Douce
Amie!

CHLORIS

Ah, que c'est froid! « Douce amie! » Il vous trousse
Un compliment banal et prend un air vainqueur!
J'aurai longtemps vos « oui » de tantôt sur le cœur.

MYRTIL, *indolemment.*

Permettez...

CHLORIS

Mais voici Rosalinde et Sylvandre.

MYRTIL, *comme réveillé en sursaut.*

Rosalinde!

CHLORIS

Et Sylvandre. Et quel besoin de fendre
Ainsi l'air de vos bras en façon de moulin?
Ils débusquent. Tournons vite le terre-plein
Et vidons, s'il vous plaît, ailleurs cette querelle.

(*Ils sortent.*)

SCÈNE VIII

SYLVANDRE, ROSALINDE

SYLVANDRE

Et voilà mon histoire en deux mots.

ROSALINDE

Elle est telle
Que j'y lis à l'envers l'histoire de Myrtil.
Par un pressentiment inquiet et subtil
Vous redoutez l'amour qui venait et sa lèvre
Aux baisers inconnus encore, et lui qu'enfièvre
Le souvenir d'un vieil amour désenlacé,
Stupide autant qu'ingrat, il a peur du passé,
Et tous deux avez tort, allez Sylvandre.

SYLVANDRE

Dites
Qu'il a tort...

ROSALINDE

Non, tous deux, et vous n'êtes pas quittes,
Et tous deux souffrirez, et ce sera bien fait.

SYLVANDRE

Après tout je ne vois que très mal mon forfait
Et j'ignore très bien quel sera mon martyre
(*Minaudant.*)
A moins que votre cœur...

ROSALINDE

Vous avez tort de rire.

SYLVANDRE

Je ne ris pas, je dis posément d'une part,
Que je ne crois point tant criminel mon départ
D'avec Chloris, coquette aimable mais sujette
A caution, et puis, d'autre part je projette
D'être heureux avec vous qui m'avez bien voulu
Recueillir quand brisé, désemparé, moulu,
Berné par ma maîtresse et planté là par elle
J'allais probablement me brûler la cervelle
Si j'avais eu quelque arme à feu sous mes dix doigts.
Oui, je vais vous aimer, je le veux (je le dois
En outre), je vais vous aimer à la folie...
Donc, arrière, regrets, dépit, mélancolie !
Je serai votre chien féal, ton petit loup
Bien doux...

ROSALINDE

Vous avez tort de rire, encore un coup.

SYLVANDRE

Encore un coup, je ne ris pas. Je vous adore,
J'idolâtre ta voix si tendrement sonore,
J'aime vos pieds, petits à tenir dans la main,
Qui font un bruit mignard et gai sur le chemin
Et luisent, rêves blancs, sous les pompons des mules.
Quand tes grands yeux, de qui les astres sont émules
Abaissent jusqu'à nous leurs aimables rayons,
Comparable à ces fleurs d'été que nous voyons
Tourner vers le soleil leur fidèle corolle
Lors je tombe en extase et reste sans parole,
Sans vie et sans pensée, éperdu, fou, hagard,
Devant l'éclat charmant et fier de ton regard.
Je frémis à ton souffle exquis comme au vent l'herbe,
O ma charmante, ô ma divine, ô ma superbe,
Et mon âme palpite au bout de tes cils d'or...
— A propos, croyez-vous que Chloris m'aime encor?

ROSALINDE

Et si je le pensais?

SYLVANDRE

Question saugrenue

En effet !

ROSALINDE

Voulez-vous la vérité bien nue?

SYLVANDRE

Non ! Que me fait ? Je suis un sot, et me voici
Confus, et je vous aime uniquement.

ROSALINDE

Ainsi,
Cela vous est égal qu'il soit patent, palpable,
Evident, que Chloris vous adore…

SYLVANDRE

Du diable
Si c'est possible ! Elle ! Elle ? Allons donc !

(Soucieux tout à coup, à part.)

Hélas !

ROSALINDE

Quoi,
Vous en doutez ?

SYLVANDRE

Ce cœur volage suit sa loi,
Elle leurre à présent Myrtil…

ROSALINDE, *passionnément.*

Elle le leurre,
Dites-vous ? Mais alors il l'aime !…

SYLVANDRE

Que je meure

Si je comprends ce cri jaloux !

ROSALINDE

Ah, taisez-vous !

SYLVANDRE

Un trompeur ! une folle !

ROSALINDE

Es-tu donc pas jaloux
De Myrtil, toi, hein, dis ?

SYLVANDRE, *comme frappé subitement d'une idée douloureuse.*

Tiens ! la fâcheuse idée
Mais c'est qu'oui ! me voici l'âme tout obsédée...

ROSALINDE, *presque joyeuse.*

Ah, vous êtes jaloux aussi, je savais bien !

SYLVANDRE, *à part.*

Feignons encor.

(A Rosalinde.)

Je vous jure qu'il n'en est rien
Et si vraiment je suis jaloux de quelque chose
Le seul Myrtil du temps jadis en est la cause.

3.

ROSALINDE

Trêve de compliments fastidieux. Je suis
Très triste, et vous aussi. Le but que je poursuis
Est le vôtre. Causons de nos deuils identiques.
Des malheureux ce sont, il paraît, les pratiques,
Cela, dit-on, console. Or nous aimons toujours
Vous Chloris, moi Myrtil, sans espoir de retours
Apparents. Entre nous la seule différence
C'est que l'on m'a trahie, et que votre souffrance
A vous vient de vous-même, et n'est qu'un châtiment.
Ai-je tort ?

SYLVANDRE

Vous lisez dans mon cœur couramment,
Chère Chloris, je t'ai méchamment méconnue !
Qui me rendra jamais ta malice ingénue,
Et ta gaité si bonne, et ta grâce, et ton cœur ?

ROSALINDE

Et moi, par un destin bien autrement moqueur,
Je pleure après Myrtil infidèle...

SYLVANDRE

Infidèle !
Mais c'est qu'alors Chloris l'aimerait. O mort d'elle !

J'enrage et je gémis! Mais ne disiez-vous pas
Tantôt qu'elle m'aimait encore. — O cieux, là-bas,
Regardez, les voilà.

ROSALINDE

Qu'est-ce qu'ils vont se dire?

(*Ils remontent le théâtre.*)

SCÈNE IX

LES PRÉCÉDENTS, CHLORIS, MYRTIL

CHLORIS

Allons, encore un peu de franchise, beau sire
Ténébreux. Avouez votre cas tout à fait.
Le silence, n'est-il pas vrai? vous étouffait,
Et l'obligation banale où vous vous crûtes
D'imiter à tout bout de champ la voix des flûtes
Pour quelque madrigal bien fade à mon endroit
Vous étouffait, ainsi qu'un pourpoint trop étroit?
Votre cœur qui battait pour elle dut me taire
Par politesse et par prudence son mystère;
Mais à présent que j'ai presque tout deviné
Pourquoi continuer ce mutisme obstiné?
Parlez d'elle, cela d'abord sera sincère.
Puis vous souffrirez moins, et, s'il est nécessaire

De vous intéresser aux souffrances d'autrui,
J'ai besoin, en retour, de vous parler de lui!

MYRTIL

Et quoi, vous aussi, vous!

CHLORIS

Moi-même, hélas! moi-même
Puis-je encore espérer que mon bien-aimé m'aime?
Nous étions tous les deux Sylvandre, si bien faits
L'un pour l'autre! Quel sort jaloux, quel dieu mauvais
Fit ce malentendu cruel qui nous sépare?
Hélas, il fut frivole encor plus que barbare
Et son esprit surtout fit que son cœur pécha,

MYRTIL

Espérez, car peut-être il se repent déjà,
Si j'en juge d'après mes remords...

(Il sanglote.)

Et mes larmes!

(Sylvandre et Rosalinde se pressent la main.)

ROSALINDE, *survenant.*

Les pleurs délicieux! Cher instant plein de charmes!

MYRTIL

C'est affreux!

CHLORIS

O douleur!

ROSALINDE, *sur la pointe du pied et très bas.*

Chloris!

CHLORIS

Vous étiez là?

ROSALINDE

Le sort capricieux qui nous désassembla
A remis, faisant trêve à son ire inhumaine,
Sylvandre en bonnes mains, et je vous le ramène
Jurant son grand serment qu'on ne l'y prendrait plus.
Est-il trop tard!

SYLVANDRE, *à Chloris.*

O point de refus absolus!
De grâce ayez pitié quelque peu. La vengeance
Suprême c'est d'avoir un aspect d'indulgence,
Punissez-moi sans trop de justice et daignez
Ne me point accabler de traits plus indignés
Que n'en méritent — non mes crimes, mais ma tête
Folle, mais mon cœur faible et lâche...

(*Il tombe à genoux.*)

CHLORIS

Êtes-vous bête?

Relevez-vous, je suis trop heureuse à présent
Pour vous dire quoi que ce soit de déplaisant
Et je jette à ton cou chéri mes bras de lierre.
Nous nous expliquerons plus tard. (Et ma première
Querelle et mon premier reproche seront pour
L'air de doute dont tu reçus mon pauvre amour
Qui, s'il a quelques tours étourdis et frivoles,
N'en est pas moins, parmi ses apparences folles,
Quelque chose de tout dévoué pour toujours.
Donc, chassons ce nuage, et reprenons le cours
De la charmante ivresse où s'exalta notre âme.

(*A Rosalinde.*)

Et quant à vous, soyez sûre, bonne Madame,
De mon amitié franche — et baisez votre sœur.

(*Les deux femmes s'embrassent.*)

SYLVANDRE

O si joyeuse avec toute cette douceur!

ROSALINDE, *à Myrtil.*

Que diriez-vous, Myrtil, si je faisais comme elle?

MYRTIL

Dieux! elle a pardonné, clémente autant que belle.

(*À Rosalinde.*)

O laissez-moi baiser vos mains pieusement !

ROSALINDE

Voilà qui finit bien et c'est un cher moment
Que celui-ci. Sans plus parler de ces tristesses,
Soyons heureux.

(*À Chloris et à Sylvandre.*)

Sachez enlacer vos jeunesses,
Doux amis, et joyeux que vous êtes, cueillez
La fleur rouge de vos baisers ensoleillés.

(*Se tournant vers Myrtil.*)

Pour nous, amants anciens sur qui gronda la vie,
Nous vous admirerons sans vous porter envie,
Ayant, nous, nos bonheurs discrets d'après-midi.

(*Tous les personnages de la scène Ire reviennent se grouper comme au lever du rideau.*)

Et voyez, aux rayons du soleil attiédi,
Voici tous nos amis qui reviennent des danses
Comme pour recevoir nos belles confidences.

SCÈNE X

Tous, *groupés comme ci-dessus.*

Mezzetin, *chantant.*

Va ! sans nul autre souci
Que de conserver ta joie !
Fripe les jupes de soie
Et goûte les vers aussi.

La morale la meilleure,
En ce monde où les plus fous
Sont les plus sages de tous,
C'est encor d'oublier l'heure.

Il s'agit de n'être point
Mélancolique et morose.
La vie est-elle une chose
Grave et réelle à ce point ?

(*La toile tombe.*)

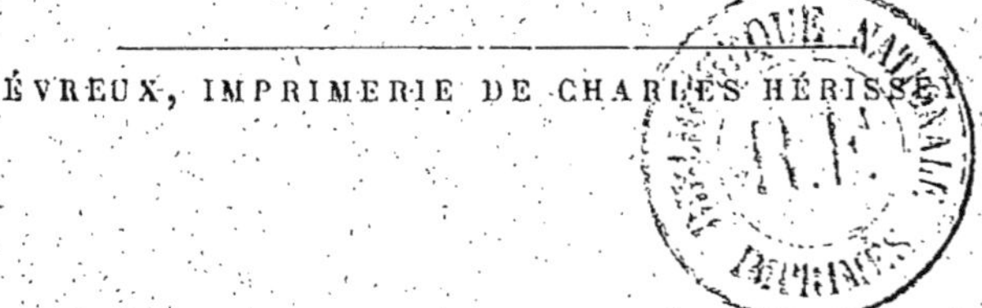
ÉVREUX, IMPRIMERIE DE CHARLES HÉRISSEY

PAUL VERLAINE

Madame Aubin, un acte, en prose **1 50**

CHARLES MORICE

Chérubin, trois actes, en prose **2 50**

(Représenté pour la première fois au Vaudeville par les soins du théâtre d'Art, le 21 mai 1891.)

ÉDOUARD DUJARDIN

Antonia, tragédie moderne en trois actes et en vers libres, un volume in-18 . . . . . . **2 50**

(Représentée pour la première fois au *Théâtre d'application.*)

STÉPHANE MALLARMÉ

Le Corbeau, poème d'Edgar Poë, traduit en prose par Mallarmé, dans le volume des poèmes d'Edgar Poë, avec illustrations de *Manet*, beau volume in-8° . . . . **10 »**

(Représenté pour la première fois au Vaudeville par les soins du Théâtre d'Art, le 21 mai 1891.)

PAUL FORT (Directeur du Théâtre d'Art).

La Petite Bête, comédie en un acte, en prose . . . **1 »**

(Représentée pour la première fois au Théâtre d'Art, le 5 octobre 1890.)

FÉLINE DE COMBEROUSSE

Un Avocat sans cause, un acte, en vers **1**

JACQUES NATTUS

L'Amour vainqueur, un acte, en vers **1**

FERNAND HAUSER

Pierrot, poème dramatique en un acte, en vers. . . **1**

VIDAL ET BYL

Sœur Philomène, pièce en deux actes en prose, tirée du roman de MM. Edmond et Jules de Goncourt . . . **1**

(Représentée au *Théâtre Libre.*)

ÉVREUX, IMPRIMERIE DE CHARLES HÉRISSEY

www.ingramcontent.com/pod-product-compliance
Ingram Content Group UK Ltd.
Pitfield, Milton Keynes, MK11 3LW, UK
UKHW012304240726
13966UKWH00004B/1626